그대 한 입 나 한 입

그대 한 입 나 한 입

초판 1쇄   2022년 8월 25일
지은이   권영오
펴낸이   김영재
펴낸곳   책만드는집

—

주소   서울 마포구 양화로3길99, 4층 (04022)
전화   02 - 3142 - 1585 · 6
팩스   336 - 8908
전자우편   chaekjip@naver.com
출판등록   1994년 1월 13일 제10 - 927호

—

ISBN   978 - 89 - 7944 - 810 - 8 (03810)

그대
나 대
한 한
입 입

권영오 에세이

책만드는집

참 많은 사람들과 밥을 먹었습니다. 일 때문에도 먹고, 정 때문에도 먹고, 때로는 마지못해 식탁에 마주 앉기도 했습니다. 혼자서 먹거나 끼니를 건너뛰는 일도 드물지 않았습니다.

함께 밥을 먹는다는 것, 함께 밥을 나눈다는 것은 마주 앉은 상대의 정서적 양식이 되어주는 일이기도 합니다. 그 사람의 말에 귀 기울이고 마음도 기울여줄 기회이기도 한 거지요. 입맛은 다 달라도 말맛은 거의 비슷하게 느끼게 마련이니까요.

초면이거나 업무적인 자리가 아니라면 밥을 먹을 때마다 사진을 찍었습니다. 식사 일기인 셈인데 그 사진들이 이 책을 짓는 단초가 됐습니다. 함께 밥을 먹어준 많은 분들께 감사드립니다. 요리는 못하지만 따뜻한 한 끼 밥을 올리는 마음으로 글을 올립니다.

어떤 글은 산문 같고 또 어떤 글은 시 같기도 합니다. 장르가 모호해서 퓨전이라고 부를 수밖에 없을 텐데, 잘하면 퓨전이지만 까딱 잘못하면 잡탕이 되고 마는 거지요. 퓨전인지 잡탕인지에 대한 평가는 고스란히 독자 여러분께 맡기겠습니다.

음식 사진을 찍고 그에 대한 글을 쓰면서 좋은 음식과 그렇지 않은 음식을 구분하는 데 민감해졌습니다. 그저 때운다는 생각으로 밥을 먹는 것은 자신을 방기하는 일이라는 데까지 생각이 미쳤습니다. 굳이 비싼 밥은 아니더라도 좋은 밥, 맛있는 밥이 내 몸과 마음을 더 좋게 만들어줄 것은 자명한 일입니다.

가장 많이, 가장 자주 함께 밥을 먹는 사람이 가장 친한 사람이라는 데는 다들 동의하시겠지요. 매일같이 머리를 맞대고 '오늘 뭐 먹지?' 고민해 준 아내와 아들에게 사랑의 마음을 전합니다.

2022년 8월

권영오

차례

선명하게 느껴지는 탁자의 나뭇결처럼
사람의 마음에도 결이 지고
때로는 옹이도 지면서 흘러가는 게 인생인 거지요.

삶의 한가운데

맨 처음 그대와 마주했던 식탁을 기억하시는지요. 식탁이라기보다는 앉은뱅이 두레상이었지만 갓 스무 살, 초라한 밥상에 마주 앉아 내 입으로 밥이 들어가는 것보다 그대 입으로 들어가는 밥을 보는 것만으로도 빵빵하게 배가 부풀던 시절이었지요.

조개 국물로 삶아낸 면 위에 듬뿍 뿌린 올리브 오일과 그 위를 새빨갛게 장식해 주는 새우, 토마토, 파프리카, 양파, 마늘이 잘 어우러진 감베리알리오올리오를 받아 들고 스무 살의 그날처럼 즐거웠습니다.

그대를 위해 새우 살을 발라내면서 그 시절의 가난했던 밥상을 떠올립니다. 당연히 내 몫인 줄 알았던 맛난 반찬들을 그대 숟가락에 얹어주고도 군침 한 방울 흘리

지 않았던 날들. 여전히 우리는 한 그릇에 수저를 담그

고 사랑도 담그며 삶의 한가운데를 지나고 있군요.

한겨울 콩나물국밥집에서

느닷없이 몰아닥친 한파에 화들짝 놀란 아침이었습니다. 아직 채 냉기가 가시지 않은 식당이지만 주방에서는 무럭무럭 김이 오르고 익숙한 국밥 냄새가 풍겨 나왔습니다. 추위에 오그라들었던 몸과 마음이 함께 녹으며 겨울 아침의 국밥집이란 대피소가 되기도 한다고 중얼거렸습니다.

힘차게 끓어오르는 뚝배기가 나오고 뜨거운 국물 속에서 더 노랗게 빛나는 콩나물이 피곤한 대가리를 눕히고 길게 다리를 뻗은 채 누워 있었습니다. 환하게 트인 통유리에는 조금씩 습기가 들러붙고 아무도 지나가지 않는 골목에는 새파랗게 언 바람이 몰려다녔습니다.

이렇게 추울 거면 눈이라도 내렸으면 좋겠다고 생각

하는 시선에 벽에 걸린 시 한 편이 띄었습니다. 복효근의 「눈 오는 날 콩나물국밥집에서」라는 시였습니다. 그가 콩나물국밥을 먹던 날 새벽엔 눈이 내렸던 모양입니다. 누군가가 그리웠던지 아니면 저 혼자 외로웠던지 '돈을 빌려달라는 놈이라도 만났으면' 했다는군요.

미간을 찡그리고 몇 번씩 그의 시를 읽었습니다. 시한 줄만 읽어도 배부르던 시절이 있었지요. 살짝 스친 눈빛만으로도 한 열흘 견딜 것 같던 시절도 있었지요.

다시 온 겨울 날씨로 창밖은 새초롬한데 콩나물국밥에 시까지 한 편 말아 먹은 배 속은 위장에다 핫팩을 붙이기라도 한 것처럼 뜨끈했습니다.

창밖의 한파에도 불구하고 봄볕처럼 자글자글 마음이 끓는 아침입니다.

새벽 기차

동대구역 부산오뎅집이 복작거립니다. 후후 불어가며 국물을 삼키는 뜨거운 입들, 대합실 밖에는 성긴 눈발이 치고, 한뎃잠을 자는 남자 두엇 함께 꿴 오뎅처럼 몸을 말고 있습니다.

가죽장갑을 낀 손과 목도리를 두른 목과 외풍이 세다며 투덜거린 행적 일체가 송구한 아침. 탈 없이 살아가는 것만으로도 죄가 되는 지옥을 우리는 겪고 있는 걸까요?

치킨 빈달루

델리 상공에 들어서자 매캐하게 타는 냄새가 나기 시작했습니다. 뉴스에서 본 것처럼 엔진에 불이라도 붙은 걸까요? 그러나 승무원도 승객도 태연자약입니다. 나중에 안 일이지만 그것이 바로 델리 냄새였습니다.

남편이 두 눈 멀쩡히 뜨고 있는데도 아내에게 작업을 거는 용감한 남자들과, 근사한 수염을 기르고 큼직한 빈디를 찍은 노인이 실상은 지능적인 걸인이었다는 것과, 차선도 없고 인도人道도 없고 눕는 곳이 마구간인 줄 아는 소들과, 그럼에도 불구하고 그 경악할 만한 혼돈 속에서도 나름의 질서를 찾으며 살아가던 그들의 검은 눈동자가 맘에 선하군요.

인도는 바라나시로 기억될 때 가장 인도다워지면서

또 가장 종교적으로 된다고도 하지요.

한 번이라도 다녀온 곳에 대해서는 누구라도 호감을 갖게 마련입니다. 세 식구가 둘러앉아 오래전에 다녀온 인도 얘기에 열을 올렸습니다.

빈달루는 인도의 남쪽 고아 지역에서 주로 먹는 커리 라지요. 인도 고추가 들어간 매콤한 맛이 한국에서도 인기를 끄는 비결이라는군요. 인도에서보다 훨씬 더 입에 맞게 내놓은 커리에 난을 적시면서 아직까지 다 보지 못한 그 나라를 생각합니다.

병천

도무지 5월이라고는 할 수 없을 만큼 거친 바람이 몰아치고 오락가락 빗줄기도 어지럽게 날리는 날입니다. 오송에서 긴 이야기를 끝내고 천안으로 가는 길에 그 유명하다는 병천의 순대국밥집에 들렀습니다. 짧지 않은 거리 가득 국밥집들이 들어서 있고 간간이 호두과자집들도 끼어 있어서 다른 고장에 와 있다는 사실이 실감났지요.

점심시간은 훨씬 지나버렸고, 저녁으로는 좀 이른 시각이었지만 식당 안은 적지 않은 손님들이 국밥 한술로 시장기를 달래고 또 봄날답지 않은 한기를 쫓고 있었습니다.

뜨끈뜨끈 김이 오르는 순대국밥이 나오고 우리는 다

시 일 얘기, 세상 얘기, 돈 얘기에 열중했지요. 그러나 잠시 세상 속으로 달아났던 우리의 말머리는 이내 국밥으로 순대로 돌아와 따뜻했습니다.

각각의 수저로 각자의 허기를 때우면서도 서로의 마음속에 국밥보다 더 뜨끈한 인정을 떠 넣어주던 오후였습니다.

여전히 빗발이 치는 거리에서, 여전히 돌풍이 몰아치는 세상이지만 이처럼 살가운 마음과 마음이 기대어 다시 살아갈 힘을 얻는 거지요.

오랫동안 군불을 땐 아궁이처럼 먼 길 가는 내내 식지 않을 마음입니다.

염불보다 젯밥

제사를 지내고 둘러앉아 먹던 심심한 비빔밥에 대한 추억이 이 기발한 메뉴를 만들었겠지요. 밥은 하루에도 세 번씩 먹어야 하는데 제사는 1년에 서너 번, 종갓집이라고 해도 열 번을 채우기가 쉽지 않을 테니 더 간절한 메뉴였을 겁니다.

서울에서 헛제삿밥을 먹으러 갔습니다. 도라지와 숙주나물과 무나물, 고사리 등등이 정갈하게 차려졌습니다. 보기만 해도 혈중 콜레스테롤 수치가 뚝 떨어질 것 같습니다.

제삿날의 그것처럼 고춧가루를 넣지 않은 조선간장 한 숟가락을 끼얹어 쓱쓱 비볐습니다. 비빔밥의 단점은 비비는 동안 입 안 가득 침이 고인다는 거지요.

꼴깍꼴깍 군침을 삼켜가며 제삿밥을 다 비비고 놋숟가락에 불룩하게 밥을 떠서 입으로 가져갔습니다. 입 안 가득 퍼지는 각각의 나물 맛이 저절로 입꼬리가 올라가게 만드는군요.

참 흐뭇한 밥상입니다. 옛날 제삿밥은 자정이 넘어야 맛볼 수 있어서 더욱 귀한 음식이었는데 오늘은 끼니때에 딱 맞춰서 오물오물 씹어봅니다.

헛제삿밥은 안동이 고향입니다.

불우소년단

방탄소년단에 대적해서 불우소년단을 만들었습니다. 그렇다고 진짜 소년단은 아니고 소년 시절을 불우하게 보냈다는 뜻입니다. 불우하다는 말 속에는 경제적인 부분과 정서적인 부분이 함께 들어 있지요. 우리의 불우소년단은 정서적으로 불우했던 소년들의 모임입니다.

모임이라고는 해도 실제로 다 같이 모이기보다는 건너 건너 비슷한 사연을 듣고 공감하는 정도입니다. 그 불우소년단 출신의 두 친구와 점심에 갈빗살을 구웠습니다.

두 친구는 새엄마 슬하에서 자라는 동안 구박깨나 받았던 모양입니다. 그들은 부잣집에서 가난하게 자랐다고 털어놓는군요. 겉으로는 부자 아버지의 장남들이었

지만 속으로는 아버지의 아픈 손가락이면서 새엄마에게
는 애물단지였던 거지요.

다 지나간 일 같은데도 본인들에게는 여전히 그 상처
가 남아 있어서 고기를 뒤집다가도 불끈불끈 속이 먼저
뒤집어집니다.

어찌 됐든 이제는 구박받지 않으니 된 겁니다.

여름은 말없이

벌컥, 여름의 빗장을 연 듯 햇살이 뜨거워진 날, 일찌 감치 맥주잔을 마주하고 앉았습니다. 해는 길어져 여전 히 창밖은 환한데 현실에 한 방 맞은 마음은 이미 어두 워져 한밤중 같았지요.

서늘하게 목젖을 적시며 페일에일이 흘러들어 가고 이내 혈관을 따라 붉은 기운이 올라왔습니다. 그대도 말없이 나도 말없이 그저 되는대로 흘러나오는 음악을 듣기도 하고, 칠이 벗겨져 누추해져 가는 담벼락을 힐 끗거리기도 하면서, 오후를 지나 저녁으로 가고 있었습 니다.

정말 깊은 대화는 침묵으로 이루어진다고 하지요. 잠 깐 잔을 부딪치고 눈빛만 겨우 주고받으면서도 나는 그대가 진 짐에 대해, 그대는 내가 진 짐에 대해 버거워하던 그날이었습니다.

지리산의 초대

뜻밖의 초대를 받아 지리산 자락 산청의 다원에 갔습니다. 산만 깊은 줄 알았더니 길도 함께 깊어서 실타래가 풀어지듯 끝도 없이 이어집니다.

산청의 차밭은 가파른 벼랑 같은 경사지 돌 틈으로 뿌리를 내려 향기를 길어 올리고 있었습니다. 이미 수확이 끝나고 시즌이 마감된 다음 날이라고 했습니다.

초대해 준 분의 이야기로는 똑똑 찻잎을 따는 소리가 그렇게 좋다는군요. 건너편 계곡의 물소리와 바람 소리와 새소리가 함께 어우러지면 찻잎을 따는 일은 일이 아니라 더할 수 없는 호사로 여겨지기도 한다네요.

햇차 한 잔을 받았습니다. 찻잔 바닥의 '사랑'이라는 글자가 포근하게 마음을 사로잡는군요.

좋은 음식을 먹는다는 것은 그만큼 스스로를 사랑한 다는 말이기도 하지요. 따뜻하게 손끝에 와 닿는 찻잔 속에 하늘도 창문도 함께 잠겨 있네요.

잠긴다는 말 참 좋지요. 지리산 자락에 잠긴 다원에 서 실바람처럼 부드러운 녹차 향기에 한 번 더 잠기어갑 니다.

불 꺼진 찻집

좋은 차를 마시겠다는 일념으로 찾아간 찻집이 문을 닫았습니다. 흰 종이 위에 붉은 잉크로 쓰인 '임대'라는 글자 앞에서 망연자실 서 있었습니다. 마치 내 탓인 것 같아 미안한 마음이었지요. 불 꺼진 찻집을 바라보며 그 안에서 책을 읽고 수다를 떨던 기억들도 함께 매물로 내놓은 건 아닌지 쓸쓸해졌습니다.

바이러스 앞에 속절없이 무릎 꿇는 인간사를 건네 들으며 신께서 만든 세상에 결코 사소하고 하찮은 것은 없다는 생각을 했습니다.

인간만이 귀하다는 건 인간만의 생각이지요. 내 새끼만 귀하다는 생각이 손가락질거리가 된다면 인간만이 귀하다는 생각에도 마찬가지로 손가락질이 쏟아지고 있을 겁니다.

　퇴각한 주인장은 여전히 어디에선가 찻물을 올리고 찻잔을 닦고 있겠지요. 오늘 밤은 더 뜨겁게, 더 진하게 차를 우려야겠습니다. 퇴각한 그가 심기일전 돌아올 날을 기다리며.

애국하는 새우

너무 귀여워서 먹기보다는 바라보기에 더 적합한 새우입니다. 바라보다 보면 덜컥 정이라도 들 것 같은 새우입니다.

닭새우는 독도새우라고도 한다지요. 새우에게 국적이 무슨 소용이겠습니까마는 독도라는 이름만 붙여놓으면 불끈 애국심이 불타오르는 사람에게는 닭새우라는 이름보다는 독도새우라는 별명이 훨씬 와닿을 것 같군요.

용케 코로나를 뚫고 한국으로 돌아온 친구와 함께 찾은 식당에서 이렇게 예쁜 새우를 만났습니다.

외국에서 살다 보면 없던 애국심도 생긴다는데 과연 친구는 오늘 밤을 닭새우로 기억할까요, 독도새우로 기

억할까요?

　어찌 됐든 코로나가 잠시 멈칫하는 밤은 깊어 배는 배

대로 불러오고, 술은 술대로 취해가는 한밤중입니다.

지글지글 양꼬치

고봉으로 밥을 뜨고 그 위에 꼬치 한 점, 양파 한 점, 청양고추 한 점 올려놓으니 더 이상 부러울 것도 아쉬울 것도 없군요.

모락모락 김이 오르는 하얀 쌀밥은 성격 좋은 여자친구처럼 한국에서 먹을 수 있는 거의 모든 음식과도 두루두루 잘 어울립니다.

복국에는 미나리, 굴에는 레몬, 생선회에는 생강이라는 공식 같은 게 있지요. 반드시는 아니더라도 가급적이면 함께 먹는 게 좋다는 뜻입니다.

마찬가지로 가급적이면 양꼬치 곁은 중국 맥주가 지켜줘야 한다지요. 느끼하고 꽉 막힌 세상 한 번씩은 뻥 뚫어줘야 하니까요.

그 사람의 아메리카노

문득 쓸쓸해졌습니다. 주인이 바뀌었다는 걸 알고, 떠나간 전 주인과 안부를 주고받으면서도 그가 이 자리에 없다는 낭패감이랄까요.

우두커니 창밖을 바라보고 바라보다가 커피가 식었습니다. 선명하게 느껴지는 탁자의 나뭇결처럼 사람의 마음에도 결이 지고 때로는 옹이도 지면서 흘러가는 게 인생인 거지요.

휘고 구부러지고, 더러는 패면서 살아왔을 나뭇결이 아름다운 것처럼 희로애락을 속에다 새긴 모든 사람의 일생 또한 그만큼 아름다울 겁니다.

아메리카노는 식고 사람은 떠났지만 그와 나눈 마음들은 여전히 내 속에서 따뜻하군요.

봄날의 땅거미는 푸르게 내려앉고

탱자나무 울타리 아래 웅크리고 봄볕을 받던 날이 있었습니다. 꽃도 열매도 시원찮지만 한 세월 든든히 지켜주는 울타리로는 안성맞춤인 나무 울타리 너머 사과꽃 눈부시게 피고 세상의 모든 나비들도 그리로 향하던 봄날 못난 울타리라도 되어주고 싶던 사람이 있었습니다.

봄날의 한가운데를 지나가면서도 며칠째 서늘한 바람이 가시지 않던 무렵이었습니다. 일부러 심은 것인지 어쩌다 날려 온 것인지 막 꽃을 떨어뜨린 탱자나무가 강아지 젖꼭지만 한 열매를 맺기 시작한 초저녁이었지요.

식당 안은 조용했습니다. 우리는 첫 손님이었고, 조금 이른 듯 들이닥친 두 사람으로 인해 비로소 식당 일이 본격적으로 시작된 것 같았습니다.

메뉴판의 맨 앞 장, 한 페이지 가득 써놓은 메뉴를 골랐습니다. 아기 바닷가재는 두 번째 애피타이저로 식탁에 올랐습니다. 구운 잣과 케이퍼를 곁들여 담백한 가재살이 더욱 돋보였습니다. 작정하고 요청한 화이트 와인도 잘 어울렸고요.

식사를 마치고 나온 마당에는 처음 만났던 그날처럼 봄날의 땅거미가 메타세쿼이아를 푸르게 적시며 어두워지고 있었지요.

특별한 식사를 하고 싶다던 아내였는데 알고 보니 나의 생일이었습니다.

밤이 가고 아침이 가고, 다시 밤이 오고 아침이 오는 동안 겹겹이 마음을 겹치면서 여기까지 왔습니다. 여전히 꽃도 열매도 내세울 바 못 되지만 삐죽삐죽 돋아난 푸른 가시로 기꺼이 그대 곁을 지키는 울타리입니다.

고독이라는 행복

아무 이유 없이 혼자서 끼니를 때우고 싶을 때가 있습니다. 노트북을 켜 밀린 글을 쓰거나 옛 사진이라도 뒤적거리면서. 딱히 사람이 싫어졌다기보다는 내 속의 나와 더 친밀한 시간을 갖고 싶은 마음 때문일 겁니다. 오랫동안 버려두었던 나에게 살갑게 말을 걸어 복잡다단했던 일상을 되새기는 시간이기도 하지요.

매장 손님이 많지 않은 카페에서 블루베리스콘 한 조각과 아메리카노를 받아놓고 노트북도 뒤적거리고 머릿속도 뒤적거렸습니다.

이렇게 혼자서 밥을 먹노라니 분주하게 보낸 모든 시간이 부질없이 느껴지기도 하는군요. 사람이 산다는 것은 관계와 관계를 이어가는 일이니 부질없는 만남이란 없을 텐데, 무단히 지나간 시간에 대해 시비를 걸어보는 것이지요.

퍽 작아 보이는 스콘이지만 자판 좀 두드리고 전화기 좀 들여다보노라면 어느새 공복이 따뜻하게 채워져 옵니다. 이처럼 간소한 식사일수록 생각과 마음은 더 풍요로워질 때가 있지요. 고독이란 자신을 바라보는 시간이라는 뜻이니까요.

밀감은 사랑을 싣고

또 귤을 보내주셨습니다. 과분한 사랑을 받고 관심을 받으면서도 아무것도 드릴 것도 내세울 것도 없어 그저 송구하고 감사한 마음만을 보내드렸습니다.

아직 선생의 귤밭에는 가본 적이 없어서 일기예보를 켜놓고 한라산 아래의 그 농장을 상상합니다. 폭우가 쏟아지는 날에는 활짝 잎을 펴고 빗물을 받는 귤나무와, 폭염이 예보된 날에는 이글이글 뙤약볕을 받으며 붉은 꿈을 키워갈 열매들을 떠올리지요. 또 눈이 내리는 날이면 노란 열매 위에 하얀 빵모자를 덮어쓰고 겨울을 지나가는 귤밭을 그려봅니다.

오로지 받는 일에만 몰두하는 스승들로 가득 찬 세상에서 오로지 주시는 일에만 마음을 쓰는 스승을 생각하

는 밤입니다.

　한마디도 가르치지 않았지만 일거수일투족 남김없이
따라 배우고 싶은 스승입니다.

부글부글 달걀찜

식탁에 오르고 나서도 한참 동안 부글부글 끓어오르는 꼴이 꼭 폭탄이 터진 것처럼 보였나 봅니다. 이 사진을 본 사람들이 이구동성으로 폭탄달걀찜이라고 알려주는군요.

달걀은 너무 흔해서 그럴듯하게 요리하는 사람이 오히려 드문 음식 중의 하나입니다. 더욱이 주연이라기보다는 조연이나 엑스트라 역할을 오랫동안 해왔기 때문에 맛이나 영양에 비해 현저하게 저평가되기도 했고요.

달걀 요리 중에서는 그나마 달걀찜이 많은 사람들의 선택을 받는 음식입니다. 고급 일본 식당에서 달걀찜은 본격적으로 요리가 나온다는 신호이기도 하지요.

그렇지만 독자적으로 가격표를 달고 출정하기보다는

대중적인 한식집에서 주인공이 등장하기 전 고객들의 시장기를 잠시 지워주는 역할입니다. 아주 돋보이지는 않으나 없으면 허전해서 전화를 걸게 되는 친구처럼요.

요즘 들어 몇몇 식당이 달걀이라는 이름을 내세워 샌드위치를 판매하기 시작했으니 이제 달걀의 전성기가 도래하려는 조짐일까요?

어슷어슷 대파를 썰어 넣은 구수한 달걀찜 한 숟가락 뜨고 싶어지네요.

음식에 기울이는 마음과 수고는
사람에 기울이는 그것과 같은 겁니다.
사람은 맛있는 밥을 먹는 동안
가장 행복하게 마련이니까요.

오가피 익는 밤

친구로부터 오가피로 담근 술을 선물 받았습니다. 정확하게 말하자면 오가피를 소주에 담가 우려낸 술이지요. 술이 약해 자주 마시지도, 많이 마시지도 못하는 내게 그래도 몸에 좋다며 하루 한 잔씩 마시라고 권해주는 친구입니다.

큰 기대 하지 않고 마신 오가피주가 놀랍군요. 오가피 향이 이렇게 좋다는 걸 비로소 알겠습니다. 은은하게 풍기는 흙냄새가 이른 봄에 받아낸다는 고로쇠 수액의 그것과 닮았습니다. 희미한 캐러멜 향도 함께 섞여서 아직까지 맡아보지 못한 오가피나무의 향기도 짐작할 수 있겠네요.

와인 못지않게 복잡하고 미묘한 맛과 화려한 향이 금

세 마음을 사로잡습니다.

　술도 친구도 오래 묵을수록 좋다고 하지요. 술기운이
혈관을 따라 번져가듯이 친구의 정도 불콰하게 익어가
는 한밤중입니다.

그 남자의 마카롱

덩치 큰 친구가 마카롱 상자를 안고 회사로 찾아왔습니다. 마카롱은 너무 달달해서 나눠 먹고 나면 덜컥 사랑에 빠져버릴 것 같은 과자인데 산山만 한 남자에게 마카롱을 받다니 이거 참 그렇습니다.

언젠가 마카롱 이야기를 들었고 마카롱을 잘 굽는다는 분당의 조카 가게에서 굳이 강남 한복판까지 달려왔다는군요. 딸 둘을 키우는 동안 마음도 예뻐진 것인지 원래부터 예쁜 마음이었는지 회사 동료들의 얼굴까지 환하게 만들어놓고 맙니다.

마카롱은 흔하지만 결코 쉽게 만들 수 있는 게 아니라서 어떤 사랑처럼 달기만 하고 딱딱하거나 품위라고는 없는 마카롱을 자주 만나게 됩니다. 뚱카롱이라고 해서 지나치게 과한 사랑도 있고 유치한 작업남 같은 싸구려 마카롱도 눈에 띄지요.

마들렌은 홍차와 가장 잘 어울린다는데 마카롱엔 아메리카노보다는 에스프레소가 제짝일 것 같습니다. 사랑은 달콤하지만 언제든 쓴맛을 볼 수도 있으니까요.

달콤한 향기가 번져오는 오후, 마카롱을 받아 들고 마냥 행복하군요.

빼대기와 단팥죽

비단결 같은 마음이 또 다른 마음을 감싸주듯이 비단결 같은 죽이 목젖을 지나 부드럽게 미끄러져 내려가는군요. 동짓날에도 못 먹었던 단팥죽을 벚꽃이 흐드러지게 핀 봄날에 받았습니다.

빼대기는 꾸덕꾸덕하게 말린 고구마를 이르는 제주도 말이라고 하네요. 부드러운 팥죽과 쫄깃한 빼대기가 성격은 전혀 다르지만 둘도 없는 '절친'처럼 입 안에서 멋지게 어우러집니다.

어쩌면 이 집 주방장은 꽤나 까탈스러울지도 모르겠네요. 다른 사람은 다 그만하면 됐다고 해도 스스로 만족하지 못해 한 걸음 더 나아가 보는 사람일 겁니다.

흠잡을 데가 없다는 말이 바로 이 빼대기 단팥죽을 위

해 생겨난 것 같습니다.

　어떤 음식을 먹으면서 느끼는 만족감은 만든 사람의 입장에서는 정성이면서 또 노고이기도 했을 겁니다.

　어둑어둑 밤이 내리는 거리에 벚꽃 잎이 별처럼 쏟아져 내리고 있습니다. 얼마나 아름다운 세상인지요.

라임패션티

라임도 패션passion도 먼 나라의 과일입니다. 라임이라는 것은 그래도 간간이 볼 수 있었는데 패션이라는 과일을 알게 된 것은 최근의 일입니다.

남국의 어느 호텔 식당에서 이 과일 속을 듬뿍 퍼먹었다가 온몸의 모든 털들이 곤두서는 경험을 했지요. 왈칵 울음이 터지듯 침도 그렇게 쏟아질 수 있다는 것도 처음 알았고요.

누가 지었는지는 몰라도 패션이라는 이름은 정말이지 이 과일의 사주에 꼭 들어맞습니다. 아무리 깊이 생각해봐도 패션 이외의 이름은 생각나지도 않고 어울리지도 않겠네요.

이 멋진 과일을 주재로 한 차를 대형 커피 체인점에서

만났습니다. 마치 머나먼 어느 나라의 게스트하우스에
서 알았던 친구를 이 나라 게스트하우스에서 다시 만난
느낌이랄까요?

　이토록 선정적인 빛깔에 넘어가 입을 대는 순간 당신
의 마음은 순식간에 사로잡힐지도 모르겠어요.

까오러우를 먹는 아침

호이안 옛 거리의 아침은 밤보다 더 아름다웠습니다. 밤새 북적이던 여행자들이 떠나고 말끔하게 비질이 끝난 골목 어귀에서 까오러우를 파는 노점을 발견했습니다.

까오러우는 국물이 거의 없는 쌀국수입니다. 면을 말리는 과정이 보통의 쌀국수와는 좀 다르다지요. 유난히 쫄깃해 혀로 맛을 보기보다는 치아로 느끼기에 적합하군요.

노란 칠을 한 담벼락을 배경으로 능소화가 늘어져 있고 그 옆으로는 히비스커스가 붉게 향기를 쏟아내고 있었습니다. 이 아름다운 골목길로 자전거를 타고 나와 국수를 사 가는 사람도 있고 아이의 손을 잡고 나온 젊은 엄마가 서둘러 국수를 먹여 학교에 보내기도 하는군요.

틈 나는 곳마다 심어둔 때때옷 같은 꽃을 바라보며 느릿느릿 아껴 아껴 까오러우를 먹었습니다.

밤사이 온 힘을 다해 거리를 빛내주던 등불은 이제야 겨우 불을 끄고 기진맥진 전깃줄에 매달려 있습니다. 등불이 비운 자리를 꽃이 대신하는 셈이지요. 낮 동안 거리를 빛내주던 꽃들이 지친 후에는 다시 힘을 낸 등불이 거리를 지키겠지요.

쫄깃쫄깃 향기로운 남국의 아침입니다.

지리산의 봄

개두릅은 엄나무라는 이름으로 더 잘 알려져 있지요. 엄나무의 가시가 액운을 막는다고도 하고 독성이 없어 옻닭 대신 엄나무를 넣어서 고아 먹는 사람도 많다고 합니다. 지리산 자락 산청군 덕산에서 이 귀한 나물을 받았습니다.

개두릅은 두릅보다 향기가 훨씬 더 강하고 또 진하군요. 입 안 가득 쌉싸름하면서 달큼한 향기가 번져나갑니다. 이토록 짙은 향기를 얻기 위해 엄나무는 혹독한 지리산의 겨울을 견뎠을 겁니다. 역경을 넘어온 사람일수록 지혜도 심안도 더 깊어지는 것과 다르지 않겠지요. 개두릅도 두릅도 깊고 높은 산에서 자랄수록 향기도 짙고 더 부드럽다고 하네요.

개두릅 접시를 말끔하게 비운 다음 올려다보는 지리산이 더욱 신비롭게 느껴집니다. 지리산은 긴긴 겨울 동안 잔뜩 웅크린 채로 얼어 있던 몸을 펴고 길게 기지개라도 켜는 듯 푸릇푸릇 돋아나는 촉수로 가득 찼습니다.

이 짧디짧은 봄날의 호사를 누리고 돌아가는 길 위에도 푸른 물이 돌 것 같습니다.

노루궁뎅이 익는 밤

아무리 따뜻한 곳이라도 한 번쯤은 찬 바람이 불고 오들오들 한기에 떨기도 했을 테지요. 그곳에서는 20℃ 밑으로만 떨어져도 추위를 느낀다고 하니까요.

수끼는 태국 음식입니다. 따뜻한 나라, 때로는 뜨거운 나라에서 만들어낸 국물 요리를 찬 바람이 몰아치는 겨울, 서울의 식당에서 받았습니다.

궁뎅이부터 들이밀어 아랫목을 차지한 장난꾸러기처럼 뜨끈한 냄비 위에 올라앉은 노루궁뎅이버섯이 깜찍하군요. 버섯은 몸에 좋다는데 기분이 먼저 좋아집니다. 섬세하게 이어 붙인 귀얄 같아서 손등이며 빰까지 살살 간질여 보고도 싶어지네요.

국물을 끓이느라 가스 불이 힘을 내는 동안 나 또한

온 힘을 다하여 어수선한 세상과 더 어지러운 마음을 정리하자며 힘을 냈습니다. 보글보글 국물이 끓고, 조금씩 조금씩 마음도 끓고 찬 바람에도 아랑곳 않고 거리로 나설 용기가 용솟음칩니다.

새옹지마

탄탄면은 그 옛날 중국에서 국수를 지고 다니면서 팔았기 때문에 붙은 이름이라지요.

아내의 생일날, 꽤 고가의 음식점에 갔다가 실망을 넘어 분노하기에 이르렀습니다. 남은 음식을 재활용한 낌새를 알아챘기 때문입니다. 너무 기분이 나빠서 다음 날까지도 풀리지 않았던 감정이 이 마라탄탄면 한 그릇으로 완전히 풀어져 버렸습니다.

이 집 사장님의 요리 실력은 이미 어느 정도 짐작하고 있었지만 음식값만 비싼 저질 식당에서 호되게 당한 후라 더욱 감동적이었던 겁니다.

맛있는 음식을 먹는 동안엔 머릿속에 헝클어져 있던 온갖 생각과 마음속에 응어리져 있던 일들까지 흩어지고 풀어져 급기야 행복에 이르게 되지요.

음식에 기울이는 마음과 수고는 사람에 기울이는 그
것과 같은 겁니다. 사람은 맛있는 밥을 먹는 동안 가장
행복하게 마련이니까요.

아 참, 그 막돼먹은 식당 덕에 이 멋진 음식을 먹었으
니 인생이란 역시 새옹지마인가요?

우아하게 아이란

그는 요즘 들어 더 자주 식탁으로 나를 불러냅니다. 내가 금방 그 따뜻한 마음을 눈치챘듯이 그 또한 저간의 사정을 눈치챘을 겁니다.

식사는 배를 채우기에 앞서 마음을 먼저 채우는 일입니다. 아무리 배가 고파도 마음이 채워지지 않으면 식탁에서 마주 앉기란 쉬운 일이 아니지요.

안 먹어도 배가 부를 만큼 근사한 접시에 케밥이 나오고, 아라비아 영화에서나 등장함 직한 우아한 잔에 아이란이 나왔습니다. 아이란은 인도의 라씨와 비슷한 요거트입니다.

그는 목청이 크지 않아 음미하면서 식사하기에 적합한 사람입니다. 주거니 받거니 대화가 번져나갔지요. 아직 가보지 않은 터키와, 매장에서 일하는 청년과, 또 우리가 함께 도모하는 일들과, 때때로 우스갯소리도 하고 맞장구도 치면서 접시를 비웠습니다.

한세상 살아가는 동안 허리띠를 풀어놓고 마음까지 함께 풀어놓고 음식을 나눌 사람이 있다는 것, 두말할 나위 없이 크나큰 축복입니다.

능소화 옆 국숫집

오렌지색 우산을 펴고 저물어가는 거리를 걸었습니다. 길 건너 성당 담벼락에도 파르페에 꽂힌 종이우산처럼 오렌지색 능소화가 피고 있었습니다.

칼국수를 먹고 나온 그 거리에 비가 내렸지요. 빗줄기는 국숫발처럼 길게 꼬불거리는 골목까지 따라 나와 왼쪽 어깨를 적셨습니다.

누군가를 위해 한쪽 어깨를 포기하는 일. 그 사람의 보송한 귀가를 위해 대신 젖어주는 일. 우리가 마저 걸어야 할 남은 길에도 오늘 같은 비가 내리고 때로는 빗물을 담은 웅덩이가 도사리기도 할 테지요.

붇고 불어 면발이 끊어지듯이 우리의 목숨도 언젠가는 끊어지겠지만, 첨벙첨벙 국수를 먹고 철벅철벅 빗길

을 걷는 일도 그저 살아생전 한때의 기록, 행복한 여행
입니다.

전복 한 접시

어패류는 생선보다 훨씬 짙은 바다 냄새를 간직하고 있지요. 비록 양식장에서 태어나 단 한 번도 그곳을 벗어나지는 못했겠지만, 그 좁은 바다에도 파도가 치고 때로는 뭍에서 밀려온 흙탕물로 곤혹을 느끼기도 했을 겁니다.

곡절과 풍파를 겪을수록 살은 여물고 향은 짙다고 하지요. 사람의 한살이나 전복의 한살이나 아주 다르지는 않을 것 같군요.

오독오독 씹는 맛과 향기가 좋다는 그대를 위해 전복 한 접시 내어줄 수 있어서 다행입니다.

우리 고정관념 속 가격은 실제보다 훨씬 더 높게 책정돼 전복이라는 말만으로도 전복처럼 몸이 움츠러들 수

도 있는데요. 그래도 전복 한 점에 저 먼 바다의 파도와 폭풍과 소용돌이까지 상상할 수 있다는 것은 참으로 멋진 일이지요.

엄동의 겨울 바다가 입 안에서 철썩이는 것 같습니다.

바글바글 곱창집

폭설이 지나간 뒤 꽁꽁 얼어붙은 길을 걸어 곱창집에 갔습니다. 짧은 겨울 해는 이미 져버리고 골목마다 어스름이 깔리고 있었지요. 바이러스가 휩쓰는 바람에 인적이 끊어진 골목길로 사람 대신 을씨년스러운 바람이 불어왔습니다.

'큰일이로구나' 중얼거리며 곱창집 문을 열고 들어갔더니 웬걸, 바글바글이라는 말 외에는 달리 표현할 수도 없을 만큼 손님으로 가득 차 있습니다. 용케 자리를 잡고 앉자마자 식당 안으로 밖으로 줄이 늘어서는군요.

곱창이든 막창이든 그다지 즐기지 않는 입에도 한겨울의 곱창전골은 짝짝 달라붙습니다.

손님이 많아서 오랫동안 자리를 지키기도 했겠습니다

만 오랫동안 자리를 지킨 뚝심이 손님을 불러 모으기도 했을 겁니다.

겨울바람이 몰아치는 빈 골목을 되돌아 나오면서, 오래오래 같은 자리에서 끓을 수 있다면 좋겠다고 생각했습니다.

꽁치 익는 밤

이번 가을은 유난히도 길었지요. 12월이 될 때까지 단풍은 단풍대로 가을꽃은 가을꽃대로 제자리에 멈춰 있었습니다. 그 긴 가을을 겨우 보내놓고 이제는 겨울인가 했더니 다시 또 날이 포근해집니다. 그동안 가을은 너무 짧아서 아쉬웠는데 올해는 긴긴 단풍철을 보낼 수 있어서 좋습니다.

그런데 요즘은 꽁치가 잘 잡히지 않는다고 하는군요. 꽁치의 마음을 사람이 어떻게 알까요마는 우리가 흉어를 걱정하는 동안 이 세상 어느 곳에서는 난데없는 꽁치 풍년으로 어리둥절해하는 사람들도 있을 겁니다.

꽁치도 부족하지만 날씨도 워낙 따뜻해 과메기 맛이 전 같지 않다고도 하네요. 그러거나 말거나 과메기를 앞에 두고 앉으니 이만하면 행복한 것이지요.

끈질기게 가을은 이어지고 있고, 겨울은 새벽녘에만 잠시 얼굴을 내밀었다 이내 돌아가 버립니다. 언제쯤 본격적인 겨울이 오고, 눈이 오고, 북풍한설 시린 바람이 불어올 것인지 공연히 창밖을 내다보는 한밤입니다.

아희야 술 익거든

    화천에서 대구까지 손수 빚은 술을 지고 온 친구 곁으로 벗들이 모였습니다. 구기자를 맑게 걸러낸 구기청주와 막걸리로 내렸다는 석탄주惜呑酒를 돌리면서 우리는 어린 시절로 되돌아갔지요.

    술은 빚는 사람의 성격을 닮는다는데 지고 온 술 또한 그를 닮아 담백한 가운데서도 희미한 단맛을 남겨두는군요.

    막창을 굽고 삼겹살을 굽고, 바닥을 드러낸 석탄주 대신 소주가 나오고 소주는 곧잘 폭탄주로 변신했지요. 마침내 된장찌개까지 나오고 나서도 술자리는 한참을 더 이어졌습니다.

    옛사람들이 아랫것들에게 술을 지여 벗들을 방문할

때 그것이 꼭 취하기 위한 것만은 아니었다는 걸 이제야 알게 되는군요. 핑계 삼아 술을 지고 가 벗들과 만나 옛이야기, 다가올 이야기 나누고자 함이라는 것도 비로소 알겠네요.

어느덧 밤이 깊고, 새벽이 오고, 했던 말 또 하고 또하면서도 금시초문인 듯 웃음바다입니다.

부산행

　내가 참 이쁜 소년이었을 적에, 더 이쁜 꿈으로 가득했을 적에, 자주 부산행 기차를 타고는 했습니다. 대구에서 부산까지 가는 기찻길은 계절을 가리지 않고 너무 아름다워서 무궁화호 식당 칸에 앉아 넓은 창 가득히 쏟아져 들어오는 풍경을 받으며 가는 게 그만이지요.

　청도천이 밀양강으로, 다시 낙동강으로 조금씩 조금씩 몸을 키워가는 장면을 고스란히 목격할 수 있습니다.

　부산에는 부드럽고 상냥한 여자친구 같은 해운대가 있고 무뚝뚝하고 거칠지만 변함없는 남자친구 같은 태종대가 있습니다.

　그렇지만 소년을 지나 청년을 지나 어느덧 어른이라는 명칭을 거부할 수 없는 지금은 그저 부산역 근처나

서면쯤에서 일만 보고 서둘러 돌아올 때가 많습니다.

이날도 부산역 근처에서 서둘러 일을 마치고 길 건너 초량동에서 뜻밖의 산낙지무침을 만났습니다. 곱창과 새우까지 곁들여서 산낙곱새라고 한다지요. 머릿속에서는 맵고 짜고 자극적일 거라는 생각이 먼저 지나갔지만 뜻밖에도 순하고 부드러웠으며 낙지도 곱창도 새우도 저 잘났다고 튀어나오지 않았습니다. 굳이 밥을 곁들이지 않아도 될 만큼 순해서 거푸 막걸릿잔을 채웠고 청도역을 지나던 복사꽃처럼 얼굴은 붉어졌지요.

창밖에는 조금씩 어둠이 다가서고, 낙동강을 거슬러 오르는 강변에도 짙붉은 노을이 한창이겠습니다.

홀로 가는 길

막 겨울이 시작될 무렵, 변두리 찻집에서 대추차와 약과를 받았습니다. 구운 가래떡도 함께 나와서 마구 가슴이 부풀었지요.

일찌감치 피워놓은 난로에서는 한겨울의 그것처럼 푹푹 김이 오르고, 대추차도 가래떡도 그에 질세라 오래오래 따끈하게 견디고 있었습니다.

두런두런 이야기가 겨울밤처럼 길어지는 동안 먼발치 논둑 너머 개울가에서는 높이 자란 억새가 지칠 때까지 손을 흔들었지요.

서서히 대춧빛으로 서쪽 하늘이 저물고 쫄깃하고 달콤하고 따뜻하게 가래떡처럼 이어지던 이야기도 막바지에 이르렀군요.

찻잔도 바닥을 드러내고, 이야기도 밑천을 드러내고,
이제는 본격적으로 겨울을 향해 걸어가야 할 때입니다.

솔향기 그리운 날

송편은 추석에나 먹는 음식인 줄 알았는데 요즘은 철도 없이 기념할 일도 없이 먹을 수 있게 됐네요.

송편이 송편인 까닭은 떡을 찔 때 솔잎을 깔고 쪄서 솔향기가 그윽하게 배기 때문입니다. 이제 송편은 솔잎도 향기도 없지만 모양은 더 세련되고 소는 더 달콤해졌지요.

추석에는 송편을 빚고 고사 지낼 때는 시루떡, 설날엔 가래떡, 잔치에는 백설기를 빚고 쪘습니다. 쌀이 부족했던 그 시절에도 조상과 신을 섬길 때만은 온 정성을 다 기울였다는 걸 알겠습니다. 떡은 축제의 음식이면서 또 소망의 음식이라는 것까지.

끼니 삼아 내놓은 송편을 기쁘게 집으면서 그래봤자

어쩔 수 없이 한국 사람이라는 생각이 소로 넣은 깨알처
럼 머릿속에 바글바글 들어찹니다.

방어가 오는 길

그냥 지나가면 섭섭한 계절 음식들이 꽤 있지요. 도다리쑥국이라든가, 전어라든가, 민어, 송이 등등.

겨울에는 방어가 그렇습니다. 방어를 먹으러 가는 길이 맵고 차군요. 깃을 세운 점퍼에 목을 집어넣고 횟집으로 가는 동안에도 겨울바람은 콧등을 맵게 스치고 지나갑니다.

이처럼 추운 날, 더 추운 바다에 배를 띄웠겠지요. 파도가 치고, 물보라가 일고, 곱은 손으로 그물을 고르고, 그렇게 방어는 여기까지 왔을 겁니다.

어쩌면 저 먼 따뜻한 나라에서 식솔들의 생계를 위해 한파가 몰아치는 북쪽 나라의 바다로까지 흘러온 가장도 있을 겁니다.

생계라는 것이 그렇지요. 날씨와도 싸우고, 사람과도 싸우고, 끝내 자신과도 싸운 끝에 한술 밥을 뜨게 되는 것이지요.

반짝이는 붉은빛이 도는 방어가 식탁에 올랐습니다. 그물을 올리던 모든 사람들의 식탁도 이처럼 따뜻하게 빛나고 있다면 좋겠습니다.

잠깐 지나가는 소나기에
우산을 두 개나 챙겨 나온 선배를 보면서
시인의 마음이, 사람의 인정이
창호지에 스미는 장마철 습기처럼
흠뻑 마음으로 스며들었습니다.

세 가지 보물

가지와 고추와 감자만으로도 이렇게 환상적인 요리가 되는군요. 띠산시엔은 지삼선地三鮮, 즉 땅에서 나는 세 가지 신선한 채소를 가리킵니다. 삼색 채소볶음이라는 말로 해석된다지요.

대번 기분이 좋아져서 맥주를 마구 시켰습니다. 어렸을 때는 물컹거리는 식감 때문에 가지를 못 먹었는데 나이가 들면서 나도 모르는 사이에 가지가 좋아졌습니다.

가지를 이용해 만드는 훌륭한 요리들이 의외로 많군요. 한국에서는 주로 양념으로 사용하는 고추도 띠산시엔에서는 당당한 주연입니다. 고추 대신 피망이나 파프리카를 사용하기도 한다는군요. 감자야말로 세상을 구한 작물이지요. 전 세계 어디라도 감자를 먹지 않는 곳

은 없으니까요. 고흐라는 불행했던 사나이도 자주 감자
로 끼니를 때웠다지요.

　이렇게 써놓고 보니 가지와 고추와 감자가 세상에서
가장 중요한 채소인 것처럼 느껴집니다.

　울그락불그락 고추처럼 취기가 번지고 택시를 부를
것인지 대리운전을 부를 것인지 고민도 깊어갑니다.

대게 불편함

대부분의 갑각류가 그렇기는 하지만 대게는 좀 곤란한 음식이지요. 먹기도 곤란하고, 함께 나오는 여러 가지 맛없는 음식들도 곤란하고, 먹고 난 후의 냄새도 곤란하고, 가격은 더 곤란하군요.

지극히 개인적인 취향이긴 해도 배가 그득할 때까지 대게만 먹는다는 건 지루하고 불편한 일. 그렇지만 그런 식으로밖에 대게를 팔지 않는다는 게 문제이지요.

겨울도 깊고 밤도 깊어가는 강남의 한 식당에서 먹을수록 힘이 빠지는 묘한 경험을 하는군요. 잘 지은 밥 한 공기와 맛깔난 김치 한 보시기만 해도 식탁은 충분히 풍성해질 텐데.

저 먼 시골 바닷가 선술집을 그리워하는 밤입니다.

밥줄임표

딤섬은 점심點心이라고 쓴다지요. 점심 전후에 간단하게 먹는 음식에서 유래됐다는군요.

캐비어와 송로버섯과 금박을 올린 딤섬이 식탁에 놓였습니다. 점심 전후라는 말이 시간상으로 얼마나 떨어진 때를 말하는지는 정확히 알 수 없습니다만 이번에는 애피타이저 삼아 내놓은 것입니다.

마음에 점을 찍듯이 먹는다고 해서 점심이라고 한다는데 점 하나가 상당히 크군요. 이 큰 점을 세 개나 찍었으니 이어서 나올 음식을 다 먹을 수 있을지 걱정도 되고요. 점이 세 개면 말줄임표쯤 될 텐데 이것은 밥줄임표라고 불러야 되겠네요. 마음에 찍히는 점들이 쿵쿵쿵 커다란 발자국을 만들어놓습니다.

파도를 넘어

아직 여름이라기엔 이른데도 제법 많은 사람들이 서핑을 즐기고 있군요. 당장은 파도가 낮고 약해 해안까지 밀려오는 것도 쉽지 않지만, 언젠가 한 번은 크고 높고 센 파도가 올 것이고 바다에 나와 있는 한 멋지게 한번 파도를 탈 수 있을 테지요.

월포해수욕장에서 물회를 먹었습니다. 말이 물회지 물을 만들어낼 수 있는 것은 얼음 몇 알뿐입니다. 월포의 물회는 새콤달콤하지 않아서 그윽한 바다 향기를 고스란히 느낄 수가 있습니다. 문턱만 넘어서면 해수욕장이 있고 몇 걸음만 더 걸어가면 한없이 깊고 푸르다는 동해바다입니다. 그 바닷속에서 건져 온 온갖 것들로 한 그릇 넉넉하게 채워놨군요.

숟가락질을 하다가도 고개를 들면 곧장 파도 소리가 넘치게 밀려옵니다. 참 오랫동안, 크고 작은 파도를 넘어가며 여기까지 왔습니다.

가을날의 짬뽕

나뭇잎이 마구 떨어져 내리던 가을날이었지요. 그대
와 나는 짬뽕집에서 마주 앉았습니다.

짬뽕이 두 그릇, 짜장면이 한 그릇 식탁에 오르는 순
간 다 못 먹을 것 같다는 생각이 들었습니다. 그러나 짜
장면도 짬뽕도 깔끔하게 비워졌고 그대의 왕성한 식욕
은 그보다 더 왕성한 노동욕에서 나온다는 걸 알아차렸
습니다.

짬뽕집 앞에서 담배를 피워 물고 푸른 하늘을 향해 구
름처럼 뭉게뭉게 연기를 만들어내는 그대 앞에서, 내가
입이 짧은 건 식욕이 없어서가 아니라 노동욕이 부족해
서라는 걸 반성했습니다.

꽁초가 되어버린 담배를 마지막으로 한 번 더 빨고 사

람 좋은 너털웃음 속으로 그대는 숨어들어 갔고, 나도
그 웃음을 따라 옛날처럼 낄낄거렸더랍니다.

마라샹궈

혼을 내는 사람이 애인이라면 웬만한 잔소리도 핀잔도 모두 즐거울 테지요. 잘 버무린 마라샹궈를 먹을 때처럼요. 매운맛에 깜짝 놀랐다가도 이내 본심을 알아차리고 더 행복해지는 그런 사이랄까요?

마라샹궈는 결코 데면데면 끼적끼적 먹을 수는 없는 음식입니다. 매운맛은 식탁의 분위기를 한 옥타브 높여주지요. 동료들과 함께하는 식탁이어서 더욱 즐겁고 잠시나마 회사 일을 미뤄둬도 좋겠다는 용감한 생각도 샘솟게 만듭니다.

지척까지 당도한 봄볕이 슬며시 문을 열고 들어와 길고 길었던 겨울도 이제는 끝이라고 알려줄 것 같은 날입니다.

슬픈 홍어

상가喪家에서 이 멋진 음식을 받았습니다.

그대의 황망함과 상실감 앞에서도 참 염치없이 군침이 돌았습니다.

맑은 가을볕이 장례식장의 높은 창을 넘어 들어오고 서늘한 바람도 함께 들어와 이 와중에도 미각을 돋워주던 오후였습니다.

눈길만 마주쳐도 이내 그렁그렁 수위가 차오르는 눈을 바라보면서 내가 잃었던 모든 사람들의 기억도 눈시울로 몰려들었습니다.

거대한 슬픔 앞에서는 누구라도 위로의 말을 찾기가 쉽지 않지요. 말이란 이내 사라져 버리는 신기루 같은 것이니까요.

그대는 자꾸 홍어를 권했고 나는 연신 홍어를 집었습
니다. 그것이 우리의 위로와 답례라도 되는 것처럼.

반전의 카이센동

먹기보다는 찍기에 더 안성맞춤이네요. 이리저리 그릇을 돌려가며 사진을 찍었습니다.

중국 사람은 혀로 먹고, 한국 사람은 배로 먹고, 일본 사람은 눈으로 먹는다는 말이 있지요. 눈으로 먹는다는 일본 음식 중에서도 카이센동의 화려함은 압권입니다.

간장과 와사비만으로도 충분히 행복해지는 미각. 담백하다는 말 그 자체라고 해도 좋겠습니다.

그런데 말입니다, 생선 아래 깔린 밥의 양이 엄청납니다. 일본 사람들은 적게 먹을 거라는 것은 크나큰 착각이지요. 생선을 밥만큼 깔고 밥을 생선만큼 올린다면 훨씬 더 좋을 텐데 말입니다.

시인과 해물탕

장마는 오지 않고 한줄기 소나기가 다녀간 점심 무렵 시인과 마주 앉았습니다. 잠깐 지나가는 소나기에 우산을 두 개나 챙겨 나온 선배를 보면서 시인의 마음이, 사람의 인정이 창호지에 스미는 장마철 습기처럼 흠뻑 마음으로 스며들었습니다.

해물탕과 꼬막비빔밥을 시켰습니다. 식사라고 시키긴 시켰는데 해물탕도 꼬막비빔밥도 안주로 전락하고 말았군요. 내 입장에서는 전락이지만 선배 입장에서는 승화된 것일지도 모르겠네요.

시에 대해 시인에 대해, 책에 대해 책장수에 대해 되는대로 이야기를 나눴습니다. 이 사람 저 사람 흉을 보고 또 이 양반 저 양반 칭찬도 하면서 문학의 위기와 시

의 위기를 함께 걱정했지요. 하지만 우리가 걱정한다고 걱정거리가 없어질 리 없다는 것도 알고는 있었습니다.

낮술의 매력은 아쉬움이 남는다는 것에 있지요. 술병은 바닥을 보이고 미련은 넘쳤지만 자리를 털고 일어났습니다.

챙겨 온 우산 두 개를 다시 들고 돌아가는 선배의 뒷모습을 따라 미리 내린 소낙비가 걸음마다 시가 되는 점심땝니다.

어쩌다 떡맥

치맥 피맥에 견줘도 전혀 손색없는 조합이 탄생했군요. 바로 '떡맥'입니다. 떡볶이와 맥주가 이토록 멋진 커플이 될 수 있다니 놀라운 발견입니다.

밤이 이슥한 시각에 어쩐지 출출해졌습니다. 진짜로 출출했던 것인지, 출출하고 싶었던 것인지는 판단하지 않기로 하지요.

슬리퍼를 끌고 동네의 조붓한 선술집에 들렀습니다. 튀김 전문점을 표방하고 있지만 우동도 팔고 떡볶이도 파는 집입니다.

아내와 마주 앉아 잔을 부딪치고, 젓가락을 부딪치고, 다시 한번 마음도 부딪쳐 보는 밤입니다.

청춘의 뜨겁던 열기도 얼추 가라앉은 무렵 한낮의 폭

염도 덩달아 누그러지고 가득 따랐던 맥주의 거품도 한 모금씩 한 모금씩 가라앉아 잔잔하고 고요해진 한여름 밤입니다.

바닷가 해물라면

혼자서 밥을 먹는 기분이 썩 유쾌하지는 않지만, 그렇다고 우울하지도 쓸쓸하지도 않은 걸 보면 비교적 '혼밥'에 특화된 모양입니다.

면발을 건지다가도 잠시 귀 기울이면 금방 물결 소리가 들려오는 바닷가 마을입니다. 열어놓은 창을 통해 들락거리던 바다 냄새가 라면 냄새 앞에서 잠시 머뭇거리기도 하는 정오입니다.

느닷없이 바닷바람이 들이닥쳐 바다 냄새와 라면 냄새를 짬뽕으로 만들어버리는 조그만 식당입니다. 힐끔힐끔 식당 안을 엿보는 행인처럼 바닷바람은 식당 주위를 떠나지 않고 연신 입맛을 다십니다. 엄청난 외형에 비한다면 내실은 좀 빈약한 듯해도 바닷가 마을이니까 다 괜

찹습니다. 누추하던 바다가 벌떡 일어나 화려한 파도가
되듯이 누추하던 생계에도 반짝 볕 들 날이 있겠지요.

숟가락이 달그락달그락 바닥을 긁는 동안 물결도 달
그락달그락 몽돌을 어루만지는 바닷가 조그마한 식당입
니다.

아씨의 보리굴비

바닷바람에 꾸덕꾸덕 말린 참조기를 보리쌀 담은 항아리에다 보관하면서 숙성시킨 것을 보리굴비라고 한다지요. 굴비란 소금에 절여 말린 조기를 가리키는 말이니 소금세례와 보리세례를 함께 받은 참조기가 바로 보리굴비인 셈이네요.

보리굴비를 먹을 때 가장 인상적인 장면은 녹차 물에 밥을 말아 먹는다는 겁니다. 디저트로 녹차 한 잔이 아니라 녹차 한 사발입니다. 이 어마어마한 스케일이 바로 남도 미식의 결정판이겠지요.

맨 처음 녹차에 밥을 말아 먹겠다는 생각을 했던 사람은 누구일까요? 대부분의 식도락이 양반집에서 비롯됐으니 보리굴비 역시 그랬겠지요. 내로라하는 집 입 짧은

도령이거나 아씨의 밥투정이 보리굴비를 만들어낸 거라면 더 좋겠습니다.

흠뻑 녹차를 머금은 뽀얀 쌀밥을 놋숟가락에 봉긋하게 뜬 다음 그 위에 감칠맛이 듬뿍 올라온 굴비를 얹습니다. 먹어보지 않았다면 말을 마세요.

달랏으로 가는 길

베트남 달랏에서 난반까지, 거의 20km를 조리를 끌고 걸었습니다. 달랏이라는 도시가 워낙 높은 곳이라 걷는 내내 내리막길로 수월했지만 고도를 낮출수록 높아지는 기온은 어쩌지 못했습니다.

건기의 날카로운 햇볕이 정수리를 비추며 따라다니고 가로수라고는 없는 흙길은 발길만 닿아도 풀풀 흙먼지를 피워 올렸습니다. 이 작열하는 태양과 흙먼지, 고원의 서늘한 바람을 맞으며 커피는 익어가지요. 건기가 지난 후에는 밤낮을 가리지 않고 퍼붓는 폭우를 견디기도 했을 겁니다.

기진맥진 내리막길을 거의 내려온 지점에서 운치 만점인 카페를 발견했습니다. 커피를 파는 집이라는 뜻에서는 카페이지만 원두도 팔고 몇 가지 기념품도 파는 걸 보니 여행자들 사이에서는 제법 소문이 난 집인 모양입니다. 나무로 대충 지은 원두막 같은데 그래도 웬만한 하중은 다 견뎌내는지 꽤 많은 테이블이 놓여 있었습니다.

실오라기처럼 커피가 내려지는 동안 바라보는 커피밭은 평화롭기 그지없습니다. 오르락내리락 고원을 이루며 흘러가는 산등성이를 따라 커피나무가 가득 들어차 있습니다. 커다란 호수가 딸려 있어 말이라도 타고 산책을 나가고 싶어지는군요. 커피밭을 흔들고 지나가는 바람 소리를 빼고 나면 마치 고요의 정수精髓만 남은 듯 적막강산입니다. 가만히 귀 기울이면 커피 향기가 피어오르는 소리까지 들을 수 있을 것도 같습니다.

수많은 나라에서 커피가 나고 각각의 커피마다 나름의 장점이 있을 테지만 달랏 커피의 독특한 개성에 견주기는 힘들지요. 세상의 모든 커피를 섞어놓아도 베트남 커피, 특히 달랏 커피는 금방 찾아낼 수 있을 것 같네요.

방을 내주기만 한다면 하룻밤 묵어가도 좋겠습니다. 긴 밤을 보내고 막 깨어나는 커피밭은 어떤 표정인지 아

침 햇살이 번지는 고원은 얼마나 아름다운지 지켜보고 싶었습니다.

그러나 여행자란 그 고장 사람들의 입장에서는 지극히 성가신 존재이기도 하니까 커피를 마저 마시고 흙먼지로 꼬질꼬질해진 발에 다시 조리를 꿰고 신작로로 나섰습니다.

우리가 쉬는 동안에도 길은 쉬지 않고 난반을 향해 흘러가고 있었습니다. 다시 나선 우리의 발길도 물처럼 세월처럼 길을 따라 흐르고 또 흘러가겠지요.

달콤 쌉싸름한 멕시코

　먼 나라 음식을 받으면 그 나라를 상상하게 되지요. 멕시코는 너무 멀어서 가본 적은 없지만 사막을 달구며 쏟아지는 태양 빛과 그 가혹한 기후를 즐기듯 자라는 용설란, 알로에 따위가 떠오르지요.

　『달콤 쌉싸름한 초콜릿』이라는 소설이 있습니다. 라틴 소설답게 환상적인 요소가 듬뿍 든 음식들이 주연입니다. 에로틱하달까, 달콤하달까? 아무튼 달콤 쌉싸름하다는 말이 아주 잘 들어맞는 책이지요.

　달짝지근한 기분으로 퀘사디아와 부리토, 수프를 먹었습니다. 빌딩 숲으로 긴 그늘이 드리워져 한층 더 추운 풍경 속이었지만 식당 안은 온통 멕시코의 향기로 흥성거렸습니다.

판초를 두르고, 콧구멍이 잘생긴 낙타를 타고 휘파람이라도 불면서 사막을 지나가야 할 것 같은 오후. 듬뿍 든 치즈가 찐득찐득 입맛을 붙들어 매고 놓아주지 않는군요.

진짜 사나이

 길고 힘차게 꿈틀거리는 것은 어떤 남자들에게는 지고의 꿈과 목표가 되기도 합니다.

 숯불에 익어가는 장어 냄새가 구수하게 풍겨 나오고 나른한 햇빛이 창을 통해 비껴 들어오는 동안 냄새만으로도 뭔가를 도모할 수 있을 것 같았습니다.

 드넓은 식당 안이 손님으로 가득한 걸 보니 날이 갈수록 보신탕의 명성은 바래가는 것에 비해 장어의 위상은 나날이 높아져 끝내 스태미나 음식의 최고봉에 올랐다는 말이 거짓이 아니라는 걸 알 것 같군요. 장어 중에서 특히 민물장어는 이제는 없어서 못 먹는 음식이 되어버렸습니다.

 참숯 향기와 불 냄새에 함께 익은 장어를 집습니다.

언어를 압도하는 육즙이 터지고 육즙을 따라 미소도 함
께 번져갑니다.

　이제는 길지도 않고 꿈틀거리지도 않지만 사나이의
꿈만은 여전하여 지칠 때까지 힘차게 수저를 놀립니다.

비와 콩국수

계절을 기다린다는 말은 추억을 기다린다는 뜻이기도 하지요. 퍼붓는 햇살 속에서 뿜어져 나오던 봄날의 밀감 꽃 향기와 '천사의 월경'이라고 써놓고 흡족해하던 단풍나무 숲과 하루도 쉬지 않고 영화처럼 눈이 퍼붓던 이국의 거리. 어렸을 땐 수박 먹는 맛에 여름을 기다렸다면 스무 살 넘어서부터는 콩국수 먹는 맛에 여름을 기다립니다.

옛날엔 콩국수 한 그릇 먹는 일도 큰일이어서 콩을 삶아 맷돌에 가는 과정만 해도 번거롭기 짝이 없는 노동이었다지요. 믹서라는 게 나오고부터는 그다지 힘들이지 않고 콩물을 낼 수 있게 됐다는데 요즘은 콩물만 사 와서 국수를 말아 먹을 수 있게 됐군요.

6월도 끝나가는데 아직까지 장마도 더위도 오지 않았네요. 생각만 해도 지긋지긋하지만 오지 않으니 공연히 기다려집니다.

고소한 콩국수에 잘 구운 소금 한 술 끼얹으며 더디 오는 무더위와 더디 오는 장마에 대해 생각합니다. 주룩주룩 장맛비 내리는 소리를 들으며 후룩후룩 국수를 들이켜는 맛이 일품인데 말입니다.

마들렌과 마들렌

『잃어버린 시간을 찾아서』를 쓴 마르셀 프루스트는 홍차에 적신 마들렌 냄새로 어린 시절을 추억했다지요. 『레미제라블』 속 장발장이 어느 도시의 시장으로 숨어 살 때 가명으로 쓴 이름도 마들렌이었습니다.

긴 가을장마가 끝나고 비로소 뽀송뽀송 풀잎이 말라 가던 날 새파랗게 쏟아지는 햇살 아래서 아예 얼그레이라는 홍차를 넣어서 만든 마들렌을 받았습니다.

꿈틀꿈틀 가을볕을 쬐며 강물이 기어가고 여름의 꼬랑지를 날려 보낼 작정으로 부채질을 하듯 바람이 불어 왔고 그 바람 속으로 풀벌레들의 가냘픈 울음소리가 섞여 들던 오후였습니다.

프루스트는 마들렌 냄새로 어린 시절을 기억했다는데

우리는 햇살 냄새와 반짝이는 물비늘과 풀벌레 소리로
마들렌을 기억하고 또 오늘을 추억하게 되겠지요.

　마들렌을 받아놓고 파리와 센강과 대구와 낙동강을
맞대보는 날입니다.

다음 시간에 또

사계절이 있다는 게 꼭 여성들의 패션만을 위한 건 아니지요. 손끝이며 발목에 한기가 느껴질 무렵이면 뜨끈한 국물 생각이 간절해집니다.

해도 짧아져 일찌감치 땅거미가 내린 길을 따라 전골 국숫집으로 갔습니다. 국수를 담은 냄비가 가스레인지 위에 오르고 딸깍 불을 켜는 소리와 함께 훅 열기가 끼쳐옵니다. 겨울 식당은 이런 따스함을 덤으로 누릴 수 있어서 더 좋지요.

펄펄 끓는다는 말보다 설설 끓는다는 말이 더 어울리도록 연신 거품이 솟아오릅니다. 생면이라 더디 끓는다는 냄비 앞에서 꼴깍꼴깍 입맛을 다시는 동안 겨우 국수가 익고 얼큰하고 시원하게 국물까지 들이켜고 식사가 끝났습니다.

정말 좋은 식당은 문을 나서면서 언제쯤 다시 올까 생각하게 합니다. 다음 시간에 또… 얼마나 정다운 약속인지요.

어떤 기다림은 만남보다 더 달콤할 때가 있지요.
아주 늦어지는 것이 아니라면
조금 늦게 오셔도 좋겠습니다.

제주라는 부적

제주라는 말은 어디에 갖다 붙여도 기분이 좋아집니다. 바다색으로 드높은 하늘과, 하늘색으로 출렁거리는 바다와, 그 위로 물결을 일으키며 불어오는 바람과, 밭담을 세운 돌처럼 거칠지만 정겨운 사투리가 귓전에 쟁쟁합니다.

꽤 오랫동안 제주에 가지 못했군요.

산다는 건 갖가지 사정들과 벌이는 양보 없는 샅바 싸움 같은 겁니다. 실제로 넘어뜨릴 의도는 없다는 걸 알지만 그냥 있으면 넘어질 것처럼 느껴져 더 악착같이 매달릴 수밖에 없지요.

하지만 아무리 곤란한 사정도 어떻게든 지나가는 걸 보면 시간이 약이라는 건 분명하군요.

막 당도한 겨울바람을 뚫고 가 무럭무럭 김이 오르는 제주해장국을 받습니다. 한 2년 제주에서 살았지만 이런 해장국이 있는 줄은 처음 알았네요. 실제로 제주 사람들이 즐겨 먹는 음식인지는 중요하지 않지요. 그저 제주라는 말로 잠시 위로받고 잠시 뜨거웠으면 된 거니까요.

그득하게 배를 채운 해장국이 푸르른 물결처럼 출렁출렁 여유로운 오후입니다.

집밥

집밥 전문 식당에 갔습니다. 집을 두고 식당으로 집밥을 먹으러 가는 게 우습지만 먹는 장소와는 상관없이 집밥이라는 말이 주는 정겨움이 있지요.

두툼한 분홍 소시지와 멸치자반, 두부조림, 감자볶음… 무려 열 가지 반찬이 밥상 가득 차려졌습니다. 집밥을 먹으러 온 거니까 테이블이라는 말보다는 밥상이라고 불러줘야 맞춤한 거지요? 차돌박이된장찌개와 황태국과 간장제육볶음이 나왔습니다. 대체로 같은 음식을 먹을 수밖에 없는 진짜 집밥 대신 입맛 당기는 대로 골라 먹는 집밥이 재미있군요.

생일상처럼 가득 차려놓은 밥상머리에서 집에서 그랬던 것처럼 도란도란 이야기가 오가고, 저녁은 미역 줄기

처럼 어둡게 가라앉습니다.

　　누가 설거지를 해야 할지 눈치 보지 않아도 되는 집밥
이 여기 있습니다.

삶의 열기

횟집에서 이 녀석을 만났습니다. 지나치게 연기에 몰입한 배우처럼 좀처럼 짓기 어려운 표정으로 식탁에 올랐습니다.

우리가 말하는 열기구이란 녀석에게는 곧 죽음을 의미하는 것이지요. 생선을 먹으러 간다는 것을 살해 의도라고 풀이하는 것은 좀 지나치지만 이 표정 앞에서 마음이 불편한 것은 어쩔 수 없군요.

그럼에도 불구하고 살뜰히 발라 먹었습니다. 산다는 것은 결국 누군가의 죽음을 필요로 하게 마련이니까요.

인간 역시 크든 작든 인간 이외 생명체의 먹이가 되는 것으로 한 생애를 종결짓지요. 저 가혹한 사막의 사람들이 선택한다는 풍장風葬이나 조장鳥葬의 풍습은 우리를 인간으로 살아 있게 했던 생명들에게 몸을 내주는 일입니다.

식사가 좀 심각해지기는 했지만 그것이 바로 삶이겠지요.

보글보글 오징어찌개

오징어찌개를 구경하기가 쉬운 일은 아니지요. 각별하다는 것은 누구나 쉽게, 자주 접할 수 있는 음식은 아니라는 뜻입니다.

조금 어깨를 움츠리고 오래된 식당을 찾아갔습니다. 파랗게 가스 불이 켜지고, 냄비는 이내 보글보글 끓어오르는군요. 새우와 게가 빨갛게 익어가는 동안 참혹한 열기에도 불구하고 쑥갓은 싱싱한 초록을 잃지 않습니다.

먹는다는 것은 몸속에 불길을 더하는 일이기도 하지요. 우리가 먹는 모든 것들을 열량으로 계산하는 방식이 그 증거입니다. 조심조심 불어가며 국물을 삼킨 후 후끈하게 달아오르는 인간의 육체는 공식적으로 계산하는 열량에 심리적 열량이 더해진 것입니다.

그렇게 달아오르며 살아야 하겠지요. 뜨뜻미지근한 인간이기보다는 펄펄 끓는 인간으로 살아야겠습니다.

서울역의 밤

기차는 모든 운송 수단 중에서도 가장 설레는 것이지요. 이제는 칙칙폭폭 달리지 않지만 그래도 레일을 지나는 리듬이 살아 있어서 콩닥콩닥 가슴 뛰게 하는 마력은 여전합니다. 다만 너무 빨라지고, 터널 또한 많아져서 깊고 긴 생각에 잠기기에는 좀 불편한 것도 사실이고요.

그래도 역에 나와 기차를 기다린다는 것은 그대를 만나기 위해 거울 앞에서 매무새를 가다듬던 때처럼 설레는 일입니다. 서울역 카페에서 달콤한 유자케이크를 씹으며 우리의 인생도 이와 같이 달달해진다면 좋겠다고 중얼거려 봅니다.

저 아래, 단단히 운동화 끈을 고쳐 매고 출발신호를 기다리는 달리기 선수처럼 기차가 엎드려 있습니다. 기차는 동대구를 향해 간다는데 우리의 삶은 어느 곳을 향해 가고 있는 것일까요? 유자 향기 그윽한 서울역의 밤입니다.

저마다의 스키야키

화투판처럼 다양하고 화려하게 상을 차렸습니다. 지글지글 철판 위에서 쇠고기가 익어가고 두부며 버섯이며 단호박이 다음 패를 기다리며 설렜지요. 함께 불을 피우고도 그는 버섯을 먼저 집고 나는 두부를 먼저 집는 것처럼. 스키야키가 익어가는 밤은 개성과 조화의 현장입니다.

서로 다른 사람들, 각기 다른 재료들이 자신을 드러냈다가 곧 옆자리의 사람과 재료들을 위해 한 걸음쯤 물러서 주는 것. 굳이 따지고 들자면 어우러진다는 말을 가장 잘 해석하고 있군요.

스키야키는 전골이라는 말로 번역된다는데 우리가 아는 전골과는 많이 다르지요. 우리의 전골이 마늘과 고춧

가루의 예술이라면 일본의 전골은 간장과 달걀의 조화입니다. 이처럼 누구나 다르게 살아가지요.

이 멋진 스키야키를 좀 더 맛있게 먹기 위해서라도 어서 여름이 지나고 가을이 좀 일찌감치 왔으면 좋겠군요.

꼬까옷과 샤브샤브

벗들과 함께 꿩 샤브샤브를 먹었습니다. 고즈넉한 한옥 외딴 방에서 색동저고리처럼 화려한 상을 받고, 꼬까옷을 선물 받은 아이처럼 즐거웠습니다. 조심조심 꿩고기 맛을 보고 신이 나서 소주잔을 채웠습니다.

창호지를 바른 문 밖으로는 겨울바람이 지나가고 방 안은 보글보글 끓어오른 샤브샤브의 열기로 훈훈했습니다. 힐끔힐끔 주인장 눈치를 살피며 담배를 피우는 꼴이 학창 시절 선생님들의 눈을 피해 그랬던 것과 똑 닮았군요.

무얼 먹느냐보다 누구와 먹느냐가 더 중요하다고들 하지요. 당연하지요. 아무리 차게 내놓더라도 마음이 따뜻해진다면 제대로 된 밥상인 거지요.

　개구쟁이처럼 깔깔거리며 여전히 뜨끈뜨끈 고동치는
심장을 느낍니다. 벗들과 둘러앉아 뜨는 밥 한술이야말
로 한 톨도 남김없이 살이 되어 붙을 것 같습니다.

오겡끼데스까?

영화 속의 장면처럼 함박눈이 펑펑 쏟아지는 늦은 밤이었습니다. 담배 연기 자욱한 이자카야 문을 열고 들어가면서 이곳은 별천지로구나 생각했습니다.

오겡끼데스까?(잘 지내죠?)

세계에서 가장 오래 산다는 나라 사람들이 남녀 할 것 없이 뻐끔뻐끔 담배를 피워대는 장면은 거슬리기보다는 신기했습니다.

꼭 술에 취하지 않더라도 여행자는 내내 몽롱한 기분으로 거리를 헤매게 마련입니다. 4도짜리 맥주를 마시고도 40도짜리 배갈을 마신 듯이 열 배로 즐거웠습니다.

진정한 여행자는 길 위에서 또 다른 길을 그리워한다지요. 당분간은 사방이 가로막혀 어디로도 갈 수 없지만 그래도 우리에게는 추억이라는 지갑이 있고, 몰래몰래 지폐를 꺼내 보며 흐뭇해하는 가난한 사람들처럼 추억을 뒤지며 기뻐할 수 있어 다행입니다.

웬만해서는 녹지 않는다는 삿포로의 눈발처럼 소복소복 쌓인 추억이 좀처럼 녹지 않는 겨울입니다.

즐거운 도시락

회사 동료들과 둘러앉아 도시락을 먹는 날이 늘어났습니다. 원래 도시락이란 한 집안의 식성이 고스란히 드러나는 식사입니다만, 밖에서 사서 먹는 도시락은 어쩔 수 없이 '오늘 뭐 먹지?'의 연장입니다.

코로나 이전에도 함께 밥을 먹고, 군것질을 하고, 때로는 회식이라는 이름으로 거창하게 상을 차리기도 했지만 요즈음 함께 밥을 먹는다는 것은 살얼음판을 함께 걷는 것처럼 조심스러운 일이 되고 말았습니다.

그렇지만 서로에 대한 신뢰를 보여주려는 걸까요? 학교에 다니던 그때처럼 이 사람 저 사람의 도시락 위로 젓가락을 기웃거립니다.

한 끼 밥을 나누는 것보다 더 친밀한 사이는 없는 법

이지요. 언제 밥 한번 먹자는 말은 조금 더 가까이 다가서 보자는 제안이며 권유이기도 하고요. 그러니 매일같이 수저를 맞대고 밥을 먹는 회사 동료들이란 얼마나 가까운 사람인지요.

비록 도시락을 싸지 않고 샀을 뿐이지만 기분 좋은 포만감을 불러오는 도시락은 이름처럼 경쾌하고 다정하고, 즐거운 식사입니다.

밀양

햇빛 찬란하던 어느 날 밀양에 갔습니다. 밀양密陽은 문자 그대로 햇볕이 빈틈없이 쏟아지는 고을이라는 뜻이지요. 산과 강과 들이 함께 아름다운 고장입니다. 산기슭에 자리 잡은 매운탕집 아래로 밀양강이 흐르고 강을 건너면 보란 듯이 널찍하게 들판이 펼쳐져 있습니다.

그냥 걸어도 벌써 송골송골 땀이 맺히는 날씨인데 식당 안 오래된 방 안엔 옹기종기 모여 앉아 함께 땀 흘리며 매운탕을 끓이는 장년들로 가득합니다.

매운탕을 먹지 않고 그저 풍경만 보고 오더라도 충분히 본전은 빠질 것 같군요. 국물 한 숟가락 뜨고 창밖 한 번 바라보고 밥 한 술 뜨고 또 내다보고….

내일이라도 성큼 여름이 올 것 같은 밀양입니다.

물감을 비벼놓고

화가의 작업실 책상을 식탁 삼아 물감을 비비듯 비빔밥을 비볐습니다.

화가와 마주한 식탁에서는 고담준론이 오가야 할 것 같은데 우리의 이야기는 보통 사람들의 그것과 다르지 않아 건강과 노후와 즐거운 삶의 언저리를 벗어나지 않습니다. 어쩌다 그림과 문학 이야기로 되돌아오더라도 몇 점이 팔렸는지, 몇 권이나 팔렸는지가 고갱이입니다. 결국 돈 얘기라는 거지요.

옛날의 일류 작가들도 어떤 글을 쓰느냐보다는 누구에게 돈을 빌리느냐가 더 큰 고민거리였다지요.

작품은 일류가 못 되지만 돈에 관한 관심만큼은 일류인 것 같아 좀 쑥스럽기는 한데, 그게 더 인간적인 거라

고 스스로 위로합니다.

일회용 종이컵에 받아 온 밥을 비비면서 우리의 결핍들이 위대한 작품으로 탄생했으면 좋겠다고 생각해 봅니다.

짜이 소녀

인도의 작은 마을에서 짜이를 마셨습니다. 나무를 대충 얽어 만든 가게 옆에서 아빠를 따라 나왔을 예닐곱 살 소녀가 벽돌 두어 장으로 지은 아궁이에 새까맣게 그을린 냄비를 얹고 종이 쪼가리와 잔가지 따위를 태워 짜이를 끓였습니다.

소녀가 짜이를 끓이는 모습을 지켜보는 동안 공연히 친구와 놀던 그녀를 성가시게 한 건 아닌지 미안했습니다. 그러나 기꺼이 아빠를 따라 나온 거라면 짜이를 끓이는 성가신 일도 소녀에게는 재미난 놀이겠지요.

어쩌다 지나가는 자동차가 흙길의 먼지를 뿌옇게 피워 올리고 뚜껑을 덮지 않은 짜이 냄비 위로도 먼지는 넉넉하게 날아와 앉았습니다.

흙먼지와 똑같은 빛깔로 짜이가 다 끓어올라 유약을 바르지 않은 일회용 도자기 잔에 받아 마시는 손님을 보면서 소녀는 좀 으쓱하기도 했을 테지요. 손님 지갑의 돈이 아빠의 거친 손으로 옮겨 갈 때는 또 얼마나 뿌듯했을까요?

무슨 맛일지 짐작도 가지 않는 수많은 차 이름을 붙여 놓은 신식 카페에서 소녀의 가녀린 손길로 끓여낸 거친 짜이 한 잔이 오히려 그리워지는 날입니다.

밥정

뭐니 뭐니 해도 '밥정情'만 한 게 없지요.

맹숭맹숭 얼굴만 알던 사람들과 상을 차렸습니다. 치즈를 듬뿍 얹은 샐러드가 나오고 프로슈토와 부라타 치즈를 얹은 피자가 나오고 스파게티가 나오는 동안 수다는 수다를 불러 왁자지껄 신이 나는군요.

사람의 관계는 식전과 식후로 나뉠지도 모르겠네요. 마치 이미 오래전부터 절친이었던 것처럼 꼬깃꼬깃 속에 든 얘기까지 다 꺼내놓습니다. 돌아가는 길에 후회할 수도 있을 만큼. 하지만 그런 후회를 되돌리는 방법은 의외로 쉬워서 밥 한 번 더 먹으면 그걸로 그만이지요.

에어컨을 틀어야 할지 말아야 할지 애매한 날씨지만 밥상을 차려놓고 우리 사이 애매했던 경계를 넘어갑니다.

통영

비 내리는 아침, 벗들을 만나기 위해 일찌감치 집을 나섰더니 너무 일찍 도착했습니다.

제주에서 날아오는 그들을 기다리며 아메리카노를 마십니다. 아메리카노는 참 개성도 없고 천편일률적인데 뜻밖에도 비 내리는 통영, 객지의 아침과는 아주 잘 어울리는군요. 듣고만 있어도 좍좍 허공에 쳐지는 빗금이 선명하게 떠오르는 빗발입니다. 비 많은 고장 제주의 손님들이 오신다고 통영의 비를 보여주려는 걸까요?

어떤 기다림은 만남보다 더 달콤할 때가 있지요. 아주 늦어지는 것이 아니라면 조금 늦게 오셔도 좋겠습니다. 아무래도 한 무리의 시인들을 맞이하자면 쨍쨍한 하늘 아래 정시에 도착하기보다는 이렇게 비 내리는 아침 조

금 늦은 듯이 커피도 약간 식은 후가 더 잘 어울리겠습
니다.

창밖에는 능소화가 젖고 활짝 피어난 마음도 함께 젖
는 통영의 아침입니다.

눈길

얼어붙은 눈길 위로 다시 함박눈이 쏟아지던 날이었습니다. 골지천이 초승달처럼 휘어져 나가는 용산리의 겨울이었습니다. 생각지도 못했던 초대를 받아 찾아간 함석지붕 농가에서 텔레비전에서나 보았던 올챙이국수를 받았습니다.

늦은 점심을 먹어버려 당황하기도 했지만 부드럽게 풍기는 옥수수 향기에 이미 마음을 빼앗겨 버린 뒤였습니다. 불을 켜지 않은 어둑한 방 안이었습니다. 짝짝이 다리 양은 두레상 위에 올챙이국수가 오르고 잘 익은 김장 김치가 그 뒤를 따라왔습니다.

숟가락으로 떠먹는 국수라니. 이토록 매혹적인 음식 앞에서 늦게 먹은 점심은 이미 기억이 나지 않고 두어 끼 굶은 듯이 입 안은 군침으로 흥건했습니다.

올챙이국수는 벌판에 내리는 눈송이처럼 하얗게 대접 속에서 고요했습니다. 소복소복 눈은 내려 쌓이고 간간이 강냉이 껍질을 불어내듯이 바람이 불어가던 저물녘이었습니다.

몇 번의 숟가락질에 이내 국수는 동이 나고 골지천 옛 이야기와 흥성하던 골지우체국의 무용담에 귀를 기울였습니다.

올챙이국수가 있는 겨울 풍경을 찍어다 우표라도 만들어 붙이고 싶던 날이었습니다. 인정처럼 쌓인 함박눈에 푹푹 마음이 빠져들던 그 겨울이었습니다.

먼 곳

 그의 집은 호찌민에서도 버스로 네 시간을 더 들어가
야 한다고 했습니다. 열여덟 살에 시집와 지금은 꼭 그
나이의 아이가 있다고 했습니다. 열여덟이면 미처 연애
한번 못 해본 아이들도 있을 텐데 결혼이라니요. 여전히
조혼이 성행하는 나라의 풍습에 대해서는 말하지 않기
로 하지요.

 베트남의 그것과 꼭 같은 빵에 채소와 삼겹살을 가득
채워 넣고 고수까지 듬뿍 올린 반미가 나왔습니다.

 때때로 사람들은 향기를 통해 많은 것을 기억하고 또
추억하지요. 문득 그 나라의 어느 카페인 것처럼 느껴졌
습니다. 연유를 듬뿍 채워 넣은 잔에는 한 방울 한 방울
커피가 떨어지고 꿈에도 그리던 잭프루트가 진한 향기

를 뿜으며 탁자에 올랐습니다.

　결혼 초에 향수병이 더해진 우울증을 겪었고 일을 하면서 겨우 우울증을 이겨냈다고 했습니다. 일을 한 덕분에 한국말도 많이 늘었지만 몸이 많이 상해서 다른 일을 찾았고 그 와중에 남편이 다친 이야기까지 아무렇지 않게 털어놓았습니다.

　우리에게 베트남이라는 이름은 어쩐지 빚을 진 것 같은 기분이 들게 합니다.

　우걱우걱 반미에 탐닉하는 동안 몇 명의 베트남 청년들이 들어왔습니다. 젊은 날에는 누구나 먼 곳을 동경하게 마련이지요. 여행이든 유학이든 노동이든 돌아갈 기약이 있는 그들과 이제는 온전히 대한민국에다 뿌리를 내려야 하는 그 사람의 입장은 조금 다를 거라는 생각이 들었습니다.

　무던히도 먼 나라를 동경했지만 끝내 용기를 내지 못했던 옛날이 떠올랐습니다. 반미를 다 먹고 홀짝홀짝 연유 맛 진한 커피를 마시면서 이들의 지금이 내가 가보지 못한 젊은 날의 어느 지역인 것 같아 아련했습니다.

마지막 초밥

초밥은 와인만큼 얘깃거리가 무궁무진한 음식입니다. 밥 위에 올라가는 재료만 해도 셰프에 따라 다르고 재료의 숙성 정도며 밥을 쥘 때 얼마나 힘을 주느냐에 따라 굳기도 달라지지요. 그 사람의 컨디션이 고스란히 반영되는 요리가 바로 초밥입니다. 무엇보다 초밥을 쥐어 주는 셰프에게 시시콜콜 궁금한 모든 걸 물어볼 수 있다는 것은 세상의 그 어떤 식당에서도 누릴 수 없는 오마카세 초밥집만의 장점이지요.

그럼에도 불구하고 장어초밥은 가장 슬픈 초밥입니다. 왜냐하면 대부분의 초밥집에서 장어초밥이 나온다는 것은 식사가 거의 끝났다는 뜻이기 때문입니다. 뒤이어 뚱뚱이김밥이나 달걀구이가 나오고 정말 마지막으로

디저트가 나오기도 하지만 초밥으로는 마지막 주자가 장어초밥인 거지요. 운이 좋다면 그날 가장 좋았던 초밥을 골라 앙코르를 요청할 수 있긴 합니다.

아무리 아쉽고 아까운 일이라도 언젠가는 닥치게 마련이지요. 장어초밥을 받아놓고 남은 시간을 가늠해 봅니다. 우리 생의 시간에도 장어초밥이 있어서 마지막을 예측할 수 있다면 좋겠습니다.

달걀찜에서부터 출발한 식사가 여기까지 왔듯이 배냇저고리를 입고 시작한 우리 삶의 대단원이 머지않았다는 것을 자각할 수만 있다면 그것의 종결도 조금 더 아름답게 맺을 수 있지 않을까요?

하루만 더 하루만 더 삶에 대한 욕망은 끝이 없을 테지만 오기로 된 일은 언젠가는 오게 마련입니다. 마지막 초밥처럼.